U0501586

# 星星的母亲

第 3 7 届青春诗会诗丛

《诗刊》社 编

贺予飞————

著

长江文艺出版社

**贺予飞**

1989年7月生，湖南宁乡人，现居长沙，博士，大学教师，于2008年开始诗歌写作，作品散见于《诗刊》《星星》《中国诗歌》《草堂》等书刊，入选《诗收获》《中国青年诗人作品选》《中国诗歌年度诗歌精选》等选本。

# 目　录

## 辑一　星星的母亲

## 辑二 梦想小镇

## 辑四　一棵树让我回头

## 辑五　少数玫瑰

辑一

**星星的母亲**

# 容 量

怀孕时，看身边的每个孕妇
都似我的故人
医生说子宫只有一个拳头大
我的爱，也只有子宫那么大
为了填满它，我的母亲
用毕生的时间建造了一艘船

而我现在，为了填满它
准备驮起一片大海

# 星星的母亲

在浏阳河边，我带着四岁的孩子散步
他扮演一只风娃娃
跑在我前面
看着他在远处挥动着小手臂呼唤我
我快步追上，他指向远处
"那边有颗星星受伤了，
它的妈妈呢？"
顺着方向，我看到一颗星星
孤单地挂在桥上

也许每个人一生中都有神圣的时刻
挤在长河似的人群里，我居然想扮演
一颗星星的母亲

# 识 物

在公园里，我教孩子认识蚂蚁、蜗牛和毛毛虫
他对这些小生命如此新奇
伸出小指头咿呀学语
不一会儿，他开始挣脱我的牵扶
指着榕树叶，"嗯"了一声
又走几步，指着小狗，"嗯"了一声
"宝贝，你认得真快"，我说
当他的手指落向人来人往的广场
磕头的老人，顺手牵羊的主妇，拄杖的算命先生
我无法将他们称为乞丐、小偷和盲人
那座立于广场中央的孔子雕像
像一个晒太阳的老头，坐在人群中
平静地叙述一生

# 归　途

深秋，一群健壮的牛走在马路上
它们身上画着红叉
在此之前，我从不知道
这是条通往屠宰场的道路
寂寥蜂针般来袭，一群牛背负着
整个天地间的孤独走啊走
很多年了，它们总是毫无防备地
闯入我的归途
让我羞于谈收获和驯服
让我一次次在人潮中醒来

# 剥　橙

他不知道，橙子在茶几上放置了多久
他静静地剥开
空气中有皮肤撕裂的声音
肉分离的拉扯
他一根一根挑去隆起的经脉
递了一小瓣给妻子

这失水中夹带的苦涩
是他们迟迟未开口的原因

# 语　言

文学院新来了一批留学生
索马里小伙讲法语
几个说英语的来自印度
澳门的贵族后裔
念着流利的葡萄牙语

我的高中同学宋兴邦
去伊拉克工程援建
三年学会了四种语言
每颗子弹，都在和词语搏斗

还有什么让我悲伤
我曾在海德公园①
看到一个疯子
站在巨石上，用方言
朝天空怒吼

如今，他每夜
都来到我的梦中

---

① "海德公园"是英国1810年在澳大利亚殖民时仿建。

# 活　法

他们蹲售于菜市场卑污的角落
他们大包小包挤睡在火车站的广场
他们在医院骂骂咧咧，嚷着回家，太浪费钱

世上有太多东西让他们下跪
他们不善言辞，只会重复仅有的几句体面话
他们祖祖辈辈守着老规矩，劳碌一生

我以为风一吹，他们就四散凋零
没想到他们竟像南方的一场雪
过了一夜
便可接纳所有雨水的敌意

# 模　仿

一只白鹭在睡莲上，它低着头，又仰头
步伐时快时慢
当它回头凝视我的刹那
我发现，它在模仿
一个苦闷的思考者

被白鹭洞悉心事，我故意伸了伸懒腰
露出照片里惯用的
招牌式笑容，并试图在荷丛中
摆出一副出尘的姿态
它瞥我一眼，飞走了

我等了很久
白鹭都没有再回来。不知是因为
它看穿了我的假装
觉得这个游戏索然无味
还是它无法模仿
一个假面的人

我深陷游戏中，接受指令，发布指令
已成为自觉和本能

我能够迅速地从体内
变出一个面目全新的人
不再将苍鹰放出，把秘密与清流
藏在深渊里

一只白鹭在午后，把湖边踱步的人
击溃。代替她飞的
是周围一平方公里的寂静

# 火星镇

从火车站出来，右转
到达火星镇
鱼贯似的人群往右
有着倦鸟归巢的安静
一幢幢旧式民居的格子窗里
有人点亮昏黄的灯火

我的先生来自其中
那时他年少，穿着白球鞋
跑过大江南北
如今，被孩子拽着
去卖糖油粑粑的巷口
带着一身糖渍回家

通往火星镇的路，有一道
需要用力扭转的阀门
早年，因为修火车站
人们迁居而来
所有通往火车站的路
都急切地敞开
再敞开

只有火星镇，拧紧
再拧紧

# 土著展览

一百年前，他们被人扒掉上衣
涂上油彩，提着原始农具
押送到欧洲与北美展览

他们眼神空洞，也不笑
多么像城市橱窗里的塑料人
留洋十五年的 Lee，深圳打工的桃姐
坐在我身旁，此刻
没有人打破沉默

火山爆发曾让这片村落化为废墟
毛利人的歌声还在飘荡
"当你将语言和文化从人身上抽离"
"人们何以继续存在？"

# 无名高地

远大一路附近有条小路，因为太窄
通常只有两三个人走
路的中央有块高地
行人之间总是相隔较远
他们的背影习惯性地前倾
仿佛被某种磁力所吸引
偶尔其中的一人
也会与迎面下来的人撞上
都彼此理解
似是故人

我在一次匆忙避让混凝土车的瞬间
误闯进这条路
它坐落于城郊接合部
旁边有汽车站、快餐店
发廊、棋牌室、建材市场

远远看去，这条小路的
那块高地显得孤僻
像一只手臂
努力向上托举着什么

有点诡异，又让人感到

短暂的心安

# 蓝光萤火虫

我见过原始森林的隐士
他没有翅膀，却发动了一场飞行
敬畏鱼虫的人，忠于酒与马鞭的人
向天空立誓的人
敲响，大地的祭钟
我们的行进队伍是一道黑色褶皱
在山脉上，在洞穴中
在躯体内

他走在最前面，把灵魂
留在最后

# 访 客

我洗脸时，它来到镜子旁
我到客厅看电视
它在我右前方坐下
我进入卧室睡觉
它躺在鸟巢似的灯盖里

它见过我猝不及防
抱头鼠窜的模样
它也见过我拿起武器
又放下的模样
在一次次较衡中，我们
越来越心平气和
是的，这只白额高脚蛛
伸着手指般长的脚
来到我的生活里

祖母在世时，曾用拖鞋
给我打过这样一只
再后来是母亲，她拿着拖鞋
推我躲进房间
而如今，那只拖鞋

已在我脚上

我感受到了某种如影随形的宿命
却发不出一丝声响

# 黑天鹅

## 隐　匿

我的心里住着一只黑天鹅
每天，我按部就班地生活
做应当做的事，说不会出错的话
保持恰到好处的微笑

越是这样，我藏在鞋里的脚指甲
就越长得飞快
似乎有一双黑色的利爪
要冲破指尖，我的肩胛上
黑色的羽毛悄悄钻出来

不能再等了
和你说完话，下一秒
我要迅速避开人群

## 破　茧

夜深了，一个声音冒出来

"做自己吧"
我看到鬼魅般的影子飞来
上面长着我的面孔

她环住我，用双翼
将我困在黑色的囚笼中
我越来越小，身体
在挤压中沸腾
血管里，古老的虬枝
张开蜿蜒的枝蔓

"倏"的一声
我的背上长出翅膀
羽毛层层叠叠，如野草般
覆盖身体
这会是另一个我吗？

## 镜　像

我夜晚翱翔
然后在每个清晨，细心地将手臂上
羽毛褪去的地方涂上遮瑕膏
掩藏我的疲倦与渴望

在地铁上，那些摇摇晃晃的人

发出空荡的回音
当我打开书本
一双黑色的眼睛伸出来
审慎地朝我眯了一眼

我的体内还没有足够大的湖泊
让它栖身

## 幻　像

仰头看夜空中闪烁的群星
那些难以说出的欲望
已经被我悬挂在天幕上

我为自己建造了一座宇宙
时而飞身而上
时而在水中横冲直撞
如今，我已能熟练地变出
黑色的面孔

## 囚　笼

为何会选择我
茫茫人海中，最普通的那一个

黑天鹅侵蚀着

那个理想中的自我

走在大街上，我像游荡的孤魂

已经失眠三天

我竟然毫无睡意


我幻想自己是驯养员

把扑翅的黑天鹅

牢牢锁死


## 超　验


所有的幻想都是徒劳，在辽阔的夜

无数只黑天鹅起飞，又降落

我成为自己的放牧者


在我身后，一整箱面具

散落于星盘中，试图嵌入

我贫瘠的命运


在你所看不见的黑夜里前行

也有一轮太阳在照耀

# 裂　隙

昼与夜的轮回
一个分裂的人，该如何
回到最初的时刻

究竟什么才是爱？
我废除了完美主义的律令
宽恕所有的精神洁癖者、妄语者和劫掠者
我不再想去占有，不再许愿叩首
也不再回忆

穿白棉布裙的少女与黑天鹅
锁链与星空，盔甲与利剑
最后，都重叠在一起

我不知道我是谁
我依然是我

辑 二

梦想小镇

# 询　问

水托举木船，船夫撑桨
坐在对面的人看向我
笑容灿烂
这是一艘船对一个异乡人的慈悲
穿行于人世孤独中
只需一点微光，我便有勇气
去询问所有的流水与草木

如何才能将我体内的整条银河系
驶入爱的腹地

# 柿子树

在西溪，每棵柿子树
都藏着秘密
挂在枝丫上的小柿子
像少女扑通扑通的心脏
从深褐色的枝头里跳出来
快点，再快点
柿子树一棵连着一棵
指引我来到迷宫的尽头

有人静立于树荫下
在他身后，柿子不知疲倦地
结满树梢

多么美好的人
我忍住了向前的冲动

# 访神隐村

无须建庙，自然
会有人抬头
秋天有意或是无意，将一根枯枝
留下，上面悬着两枚红枣

山川静默，一声信天游
出自山谷中隐形的过客
羊群脱离了人世
朝山顶散去，蜂巢
蛰伏在最高的崖壁上

而我，有砾石的宿命
被投掷于这无序的村落
在逆风的山巅，影子
疯狂地寻找着躯体

# 梦想小镇

沿着石板路往前走
就能回到童年
这里并不是我的故乡
但我竟像在镇上活了百年
河流、芦苇、瓦片房
都还是老模样
唯一不同的是
那个放学回家的小孩
一路奔跑着
越过了我的身体

是在做梦吗？我看到她
牵着另一个小小的我
跑在了前面

# 在大洋路

据说，每一座巨石里
都藏有一个不死的魂灵
在两千万年间，大洋路
释放了十二座分身
与大海博弈

每一座分身，都携带大地授予的权杖
去救赎那些尘世里迷途的人
尽管命运早已宣告了，他们
殉道的结局。现存的七座分身
依旧不愿意屈从
涛声不绝于耳，魂灵在巨石里
彻夜地祷告

在遍布沉船遗骸的海岸线上
留下一只远去的帆影
一个渔夫曾经笃信的誓言
最终以爱和梦想之名
将他抛弃

如今，他仍背负着碎裂的石块

在一望无际的南太平洋，寻觅

崩塌的魂灵

# 清水路在哪

等红绿灯的间隙，一只苍蝇
在我肩上摩拳擦掌
春还没走到夏，街上的女人
比夏天还火热
有许多念头，被按下快门
比女人们更急切地曝光
一只乌鸦落在窗台
阳光怎么也照不亮它

太阳扫着每个有硬度的人
我屏息一口气
如今血管里满是生铁的腥味
我只能弯着身体在路口
问一个盲眼的八字先生

清水路在哪

# 芙蓉镇观瀑

沿听涛街一直往下走
有只手术刀在解剖
血液在温软的管壁内挣扎，膨胀
我听到撞击，撕裂，深渊的密语
如同接受静脉注射的病人
试图完成一场弹奏
也能发觉，周围的鼾声此起彼伏
仿佛一场无法捕捉、没有内容
又毫无终点的争论

抵达瀑布时，无数个水滴
在呼唤，在叫嚣
我想把它们从酉水河中
——捞出和辨认
那个敏感的我，柔软的我
叛逆的我，偏执的我

群山还在向后移动
那是一个书生，准备用一生
完成的证明题

# 一面墙上也有金戈铁马

如果你试图走近它
旺铺招租、考证培训、留学咨询
招工、寻狗启事挤在空隙处
划分着势力范围
那几颗凸起的水泥沙砾，像士兵投掷的
火炮弹丸，扎入柔软处
电话号码仍带着未干透的油漆味
把内心的疲倦熏得浓稠而黏腻
有什么似乎就要揭破，连同那些伪装的笑一起
风呼呼作响
一只蚂蚁探头爬进了墙上的黑色洞口

你仿佛看到里面一个小小人
交出了他最后的领地

# 黄金时代

挖掘机在麓山南路的秋风里
制造悬崖
城市有城市的丰收
拓荒者深入断裂处
一张张细小的脸被晨晖聚拢
镀上黄金

新的秩序已到来
人们接受金属的斧正
在伤口上造就爱，把黑夜
当作馈赠

两个怀恨的人，彼此坦露
身体的秘密
孤独，让他们和解
又站在路的两旁
空空地对望

# 默　契

导航失效，询问失效
在闹市中寻找隐士
需要走错三遍，需要蓦然回首
还需要第六感

不起眼的岔路深处
坐落一家庭院，上楼后
发现都是远道而来的诗人
我把陌生名字和诗句
像鸡蛋一样敲破
试图剥出一张张新鲜的面孔

人们聊云南的好天气，品红酒与松茸酒
相互寒暄客套，没有人出错
没有人格格不入
也没有人谈诗

有人感叹，窗外的枯树不错
可惜人们给它绑上了塑料假花
满树殷红让我有蒙羞之感，想立即起身
在席间放开嗓门读一首诗

仿佛只有这种不合时宜，才能袒露
才能对抗

我想对着太阳喊出诗句
忽看到，窗边上一只蚂蚁
也在眺望那太阳
这份默契让我归于平静

有人频频举杯，向同桌的诗人
也向空虚处

# 年嘉湖底的修行人

进入隧道后，车速减缓
等周围都暗了下来
我才把另一个小小的我
从手心里放出

年嘉湖悬在头顶
想要压住蚂蚁般行进的车流
唯有我独坐，感受着
湖底的春夏秋冬

这是我最宁静的时刻
似有一只温柔的手，把汽笛与喧嚣
调到最小。一匹马
从古代穿越山水而来

骑上它才发现千年已过
人们每隔一个世纪，会变换一次容颜
但没有人知道，自己的身体里
住着旧的灵魂

在幽深的湖底，那个小小的我

还在无数次地遥望和询问

那未竟之事，以及

周而复始的命运

# 数据人

有一天，我收到了一份数据图
是我在网络上刚认识的"走走"
她在知网搜索了不到一分钟，把我十年的研究
进行了可视化处理
我早已习惯各种数据
点击率、订阅率、打赏率
文学题材、类型、情节甚至词语
都被我数据化
但这是我第一次感受
一个小镇青年的梦想被数据化
孤灯下的无数个夜晚被数据化
泪水、迷惘和孤独被数据化

每一串数字都不可拆卸
如果你好奇地拆开，会看到
血的肉身

# 间 谍

大地瓦蓝，将一棵树忽略
几只小鸟
在一片蓝色与绿色间觅食

蚯蚓、田鼠、狐狸相继而出
在黝黑而黏湿的风里，辨别
天空的方向
是谁发现，这个世界的人
都在天上行走

在每颗石子下面
都藏有一个不能告密的魂灵

# 河　流

让云浸透全身，一张白纸
开始涨潮
那时候，我们还不懂船
头迎着风
像一块裸露的礁石
伫立于滩头

往事如泡沫，拐过了几张门
你不再提起天空
甚至，连每颗星的踪迹
都小心抹去

我们划拳喝酒
把输赢交由命运
一条船过，有人举杯
胃与黑夜
倾听石头撞裂的声音

在听涛客栈，我学着洗衣女
让涛声拍打灵魂的衣衫
曾以为远方，是我们的归宿

低头才发现

河流，一直长在

自己身上

# 回奥克兰途中


有些云生来不是为了流动
他们停留在屋顶
像倒立的人群
牛羊落在山坡上
四季为其敞开家门
风吹不走他们
桉树守在高高的山冈
像墓碑一样站立

原野寂静，唯有我们的车
冲破一切停留
车内放着新西兰小调
旅客们昏昏欲睡
一丛芦苇突兀地立在山头
它们组成的那道陡峭线条
像我久违的亲人，带着伤疤和旧痛
行走于异国他乡
轻缓的旋律，让我胸中
结满风霜

# 紫禁城的乌鸦

五点了，紫禁城的乌鸦越来越多
尽管无人喂食
它们还是如约而至

已经过了四个世纪
到底是什么神秘力量
让乌鸦的子孙，每到此刻
回到先祖栖居之地

这一年，走失了多少人
与头顶的鸦群相比
人类是寂寞的
在漫长的时间序列里
紫禁城的乌鸦，一根黑色钟摆
被抛出了轨道
还在固执地
往返飞行

# 横行的雨

雨竭力拍打她的伞
想要渗透进来，那些小个头的雨
灵敏地横着身子
冲到她跟前
削荸荠的女人不再叫卖
她停下手中的刀，从兜里掏出手机
翻看一张婴儿照片

这是我第一次看到
一个人的笑容，让横行的雨
动了恻隐之心

# 在人行天桥

一个乞丐席地而坐
黄昏了，他的面前没有铜板和钞票
与以往的乞丐不同
他没有痛苦地呻吟与呢喃
没有乞求，没有讨好
身边连一张说明也都没有

或许，这是一个乞丐
最后的对抗方式
与来往的人群，与自己
路过他的时候
我甚至有些羡慕

我已经很久没有他那样
平静的眼神

# 重播的录影带

四岁的孩子从废墟中
笨拙地举起双手
刚大学毕业的青年
已没有其他出路
不断祈祷的教徒们
颤抖着，跪成了一扇人形盾牌

血腥味扑鼻而来，这部录影带
也曾命名为也门、利比亚、伊拉克……
老妇人不愿回忆那样的夜
每一秒都似针扎下来
她侥幸生还，丈夫从此形同陌路
两座孤零零的墓碑下
埋葬着一整座历史博物馆

为了阻止掘金者
一个母亲想用她柔软的子宫
装下今夜的大马士革
装下那些乐此不疲地兜售和放映录影带的人
她的爱沉默，她的语言苦涩

像一艘巨轮在海浪拍击中
鼓起风帆

# 桥

被海水截断根部，每一次的归来
变为远行
多少年来，她俯卧成弓的姿势
像潮一样拍向对岸

对岸的人们，从不害怕赤裸
她把自己蜷缩成一个问号
上一趟厕所，乘一次地铁
身体已长出软肋

未经防备，刀剖开柔软
这里住着的人
用结痂的泥土
包裹肉身

这是一场雾夜中的解剖
人们身上的暗色，被一次次定义
她无法将其洗刷
也无法将自己撕裂

在尘土的路上，我们扬起马鞭

只有在有水的地方

才可以看到，她的灵魂

以匍匐的姿势修行

# 夜的词性

夜是最规则的动词，拎起白天
一页页撕下
有时候，夜也爱扮形容词，穿梭于
人与兽之间
比唇更软，比盐更咸
比太阳更焦虑

夜是一次过去，怀念的寂静
重复着疼痛与孤独
是雷鸣之前的闪电
让灵魂洗涤、风干、熨烫
最后将人世
用梦涂抹一遍

# 归　程

经过原野的时候，一朵向日葵
朝我抖了抖花瓣
它还没长到我的膝盖
就学会了礼仪
后面更多的花，簇拥在一起
在白马湖的秋天
万物已通人性，我感到忧伤
又还有些庆幸

一个笨拙的人，已经过了半生
还没有学会道别

辑 三

# 不逊之心

# 星宿花

一种不起眼的小花，在浏阳河边
建构了自己的宇宙
每一朵都是星星的模样
我躺在松软的泥土上
被群星簇拥着

这一生，我仍有许多未竟的理想
一个失魂落魄的书生
早已不再热衷于从群峰中登顶
却还想引动星宿之力

# 青　草

儿子说，我的头发是青草
他喜欢躺在青草里睡觉

我这一生都在不停地选择
佀从未想过要成为青草
也没曾料想，一棵青草
的快乐，可以覆盖
我头顶的星河

为何青草能挨过整个冬天
为何走在平坦的草原上
也能拥有悬崖的陡峭与静默
当我的身体开始返青，脚下
长出细密的根系

我会伸出草叶般柔软的臂弯
托着一只小甲虫，每晚
轻轻晃动

# 浏阳河畔的风


浏阳河畔散落着一粒粒芝麻大小的人
似乎只需要一阵风，就可以
把他们吹起

落日已不再是我从前认识的模样
它在两幢高楼间，像被钳子
稳稳地夹住
一个年过半百的男人在河边
风把他的头发，吹得凌乱不堪

我沿着河岸一路狂奔，像小时候那样
只是没有人再追着我的背影
呼喊我的乳名

# 亲　人

太阳还是那个太阳
只是人们都戴上了面具
街巷空荡，仿佛末日来临
好不容易遇到一个行人
我和他远远对望一眼
然后默契地避让

这是我春节十四天后第一次出门
那双湿漉漉的眼睛
和我一模一样的眼睛
我们以此辨认同类
想撕破面具，大声朝他喊一句
"你还好吗？"

整座城市似有千万个远去的背影回头
将千万双湿漉漉的眼
认作亲人

# 七千棵葡萄树只是一棵

葡萄开花时节
一连几场暴雨倾盆而至
手掌似的小花，打落在泥水里
跟着落下的
还有全家一年多的生计
父亲说，种葡萄
像养孩子一样
我劝他少抽点烟，却无法止住
地里的咳嗽
以及，相对无言的寂静

在这个城市，有太多类似膏药的命运
父亲用了大半辈子时间
依旧没能离开泥土
风削瘦了他的脸庞
虬枝成为他的皮肤、青筋、骨骼

七千棵葡萄树只是一棵
每棵都是
父亲的模样

# 八月未央

今年夏天，父亲终于可以不用下田了
像我曾期盼的那样
坐在堂屋里和我们闲聊
逗着小胖孙到院里喂鸡和鹅

但父亲每天还是要去田里看看
尽管这回颗粒无收
他的眉是把用旧了的断刀
因为常年的惯性驱使，他保持着
收割的动作，在躯体内
拔节的马唐草
望不到尽头

# 我　们

主动脉夹层的病人不可怕
心肌梗塞的病人不可怕
结肠癌的病人不可怕
在这间 ICU 的病房里
越南老兵、果农、剃头匠的
贫乏与富有，如世界最初之日
我们如同万物，承受引力的宿命
被催促着、眷恋着
在较衡中愈发平静
我的父亲躺在其中，他一夜间
老了许多
一只掉线的蜘蛛挂在风里
死死悬住蛛网

时钟一格一格地消磨
爱没有退却

# 不逊之心

我收集 U 型磁铁，走能掉头的行车道
将深夜的诗稿一行行
按下回车键。如果可以
我希望把它们
在父亲身上使用一次

现在的他，不属于城市
也回不去村庄
练习了大半辈子，不像个知识分子
也没能成为合格的商人

现在的他，两手空空
还义无反顾地
朝一场大雨奔去

# 洪水过后

葡萄园里，每夜都有一个身影
徘徊踱步
父亲还在建造他的理想

我实在无法劝说
一个年近六旬的人
放下希望

# 又一年春风

葡萄园荒芜后的第四年
新种的黄桃树开花了
这个树下剪枝的人
挥舞着手臂
"咔嚓""咔嚓""咔嚓"
他丝毫没有倦意

我看到父亲
回到了他的中年

# 婆婆纳

像一朵云，推着另一朵云远去
阿婆已经走了二十三年
乡下的亲人也越来越少

时间把碑上的尘土连同爱一起
挨个收回，再一一投掷
不知从何时起，屋门口那丛婆婆纳
成为我的亲人

老屋早已荒芜，但仍会碰到
一个盛满雨水的人
风尘仆仆地归来，对着婆婆纳
偿还欠下的眼泪

# 白　夜

这些年，你一定也曾回来看过我
借一场雪的名义

你为我揩眼泪，剔鱼骨
以稻谷的谦卑
换来这苍白的命运

据说，雪山上住着无法返乡的人
我只能怀着悬崖的沉默
在人群中与你相认

夜，空荡荡一无所有
除了雪

# 火　棘

据说，火棘能给人带来好运
今天我已遇上了太多火棘
这多么像祖母的宽慰

从我出生那天开始
祖母已预先准备好了
我这一生所需的童话故事

自从她走后，这二十五年里
我不曾间断地，收到
她留给我的童话

每当认识一株新的植物
她就为我带来祖母的消息
每当我想要哭泣，她就想尽办法
从土地深处，给我
新的希望

# 童　话

为了使三岁的儿子安分地戴眼镜
我给他编造了一个童话
眼镜能储存能量，只要戴上三个月
眼睛就可以发光
这个童话很见效，为了发光
他开始忍耐，学会从镜框里
看人，看飞鸟，看万物

而每到这时，作为真相的知情者
为了给孩子最美的童话
我像一只白蝶贝，迁徙到暖海地带
学会将双手变成罩壳
小心地憋住从指缝里钻出的
那一颗砂砾

# 木质生活

每个人都会带着各自的词典出生
此刻的病床上的男人
是一截树木，有把无形的斧头
迅速进入他的身体
要抵达最深处
木头因为断裂，第一次
发出了肢体动作

你一定也见过，更多的
垒放在柴屋里的木头
试着深入那些木质的生活
你会发现，它们没有眼泪
也不能叫喊
身体里却下着一场
无声暴雨

# 春　天

他的身体在一天天膨胀
每一根血管像春雨，淅淅沥沥
等万物静立
那时，就可以结束
一场漫长的修行

一切变得越来越透明
像悬崖拽着他坠落，那颗最硬的牙
跟随呼吸一同变软
断续的音节
恍如天地混沌初开

春天，一粒蚕蛹在肿胀中
挣脱枷锁
风一吹，他感觉
夜色就要掉下来

# 登斗笠塔

扶犁掌耙，种谷插秧

我无法用诗句

写完水稻的一生

斗笠塔下，众生渺小

那个戴斗笠的农夫

像多年以来，我骨头里的一枚钉子

一把无形的锤子

让他始终保持

弯曲的姿势

# 酸枣核

吃酸枣时，儿子不小心
吞了一枚枣核
我吓唬他说，会有棵小枣树
从他头顶长出来
他有些着急
但还算沉得住气

忽有一天，他问我
"怎么我头顶的小枣树
还没发芽？"
幼时，我也吞过一粒酸枣核
只是还没来得及
问出同样的话
祖母就离开了我们

这些年，我常会习惯性地
摸摸头顶
我甚至怀疑，小枣树
长错了地方
也许，在我身体的某处
早已结满了酸枣

不然为何连血液中

也有酸咸的味道

## 酸枣糕

做酸枣糕的日子，一棵枣树
变出千万种家的味道
在门叶子上铺满
枣肉，这一床床薄棉被
将远行的游子
每一根有硬度的骨头
紧紧黏住

# 中　秋

父亲不再吸烟，酒也喝得越来越少
他渐渐习惯听从我的意见
母亲掏出一枚银镯让我戴上
上面刻有我和她的名字
他们站在门边，我挥手转身
暖黄的灯穿过禾场，在地面上捏出
一个拉长的影子
我背脊滚烫，仿佛有只手伸进了体内
将我的肋骨攥住

每走一步，就有什么东西
从身体里掰断
为了不显出异常
我加快步伐，但终是没有忍住
那装作不经意间的
一次回头

# 锁

传说有一种锁可以豢养豹
戴上它的人，有夸父逐日的勇气
在金属熔铸的森林里
人们精疲力竭地追赶，身上的锁
撞击着骨头
仿佛发出某种警示
我的肉身，已经越出了灵魂
把灵魂远远甩在身后

只有偶尔回想起小时候
那片挂在胸前的钥匙
才能稍稍喘息片刻

# 我的乳名长满皱纹

我的乳名生在泥土里
黄昏，一场暴雨
试图把它从地底
打捞上来

十八年前，也有这么一场雨
捞起阿婆和阿公
那夜，风将人们的
衣袍灌满
每当看到广场上白鸽鼓翅
我会轻轻闭上眼睛

中年将至，一场场大雨唤我回乡
我的乳名蓄满了带伤的敌意
在亲人们的一道道皱纹里
小心翼翼地前行

# 异乡人

故乡住在云里
城市里的异乡人，建造了
一座座灯火辉煌的宫殿
每天和不同的人握手，交谈
把自己放进一群人中
看电影，聚餐，K 歌……

只有在灯熄灭时，才看到
一个身影踉跄地摸索着
把云拿下来
盖在身上

# 太阳照常升起

昨夜风雪，吹断了不少树枝
大地一片狼藉
在南方，雪后总是要放晴的
不一会儿，地上已被清扫干净
父亲抱着新鲜的萝卜和芽白
从菜园里走出来

和四年前一样，阳光也这般
照着我们，仿佛身体里
从未经历一场雪

辑 四

# 一棵树让我回头

# 山　行

山色渐晚，我听到树木的低语
有两棵树已经掉光了叶子
2020 年，它们应该投入了
所有的真情
新的一年到了，更多的叶子
急迫地想要冒出脑袋
这永不停歇的自然法则
宽慰了来访者

我心中也有一棵树，它空长着许多枝干
却用尽了真情

# 金林的桉树

山冈上最高处的那几棵桉树
和我所见的都不同
他们稀疏、瘦小
却对我执行了强烈的生命召唤
七年前，我曾在贡嘎山脉上空
看到一只苍鹭
我怀疑这些桉树，是它的转世
想要成为这片荒野和天空的君王

乘高铁呼啸而来的人们
像遗落异乡的子民。某种古老的基因
在血液里复苏
抬头凝望山冈的那刻，我的躯体内
已新长出许多枝叶
在那些细长的骨节上
栖息着星辰

# 一棵树让我回头

寒风里，一棵树让我回头
沙，沙沙，沙
它始终重复着这个字
我并不觉得单调

叶，一片片落下
一个初生的婴儿，探着小手
打量这个世界
它还不知道什么是光明
什么是黑暗
当她望向我
懵懂而生涩地叫我一声
沙

那些消逝的、损毁的
不被命名的万物
正同我一起孕育和生长

# 松柏之雨

一个人站在松柏树下
如同笼罩在雨中
松柏枝将那些高处悬挂的绿意
纷纷滴进我的血液

这不是普通的雨，它们带着群山的风力
要把我的肉身击落
长久以来，我习惯于
扮演攀登者的角色
追逐不散的云和星辰

所有苦痛，皆是馈赠
我如一根松针
置身于风暴中，身体还在向上
灵魂却想要俯身
去抓住那些不断坠落的生命
当深渊成为隐喻
天空也许并不在上方

一个人从树下走出
谈笑风生如从前模样

内心的雨却未退去

一滴接着一滴

落在空荡的枝头

# 穿石坡湖

岳麓山的一滴眼泪，悬于尘世
与天空之间
远方有波浪成群赶来，那是阔别多年的游子
重回母亲怀抱
而更多暗处的生命
奔向山的深处、水的深处

几尾红鲤顺着血管游开，风
吹过五脏六腑
沟壑与山川呼吸柔软
我双眉如桨，挣脱水的牵绊
体内长出椿树的肋骨
它不善言辞，用一片嫩芽
与层峦苍翠对峙多年

孩童们学着野鸭嘎嘎翘首
所幸湖水让我早已过了模仿的年纪
也不再轻易戴上光环
刀锋刻在肌肤上，该来的
我不再躲避，玉虽损
黄金枷锁已卸下

忘掉先贤与圣人、仁者与智者
忘掉伤痛，忘掉自己
在湖畔独立的那个人
成为水的一部分，成为岩石的一部分
成为万物的一部分

# 去资江

——致刘年

沿乾元巷而下，路过一家饼店
一个粗犷的铁汉有了温情
我曾见过你骑着摩托，不畏冰雹和暴雨
穿越千里外的高原和荒野
而今却在一个糖饼里
露出孩子般的笑容

六年前，长沙街头的夜宵摊上
你也曾这样笑过
那时我还是个学生
拥有未知的前途和爱情
如今两手空空，唯独谈到诗
眼里还有星辰闪烁

手中的饼冒着热气
你拿四个，我拿一个，边吃边走
几个算命先生投来打量的目光
有没有一种力量
破除铁轨般的枷锁

行吟者和书生仍在陌巷里行走
没有目的地，但还是闻到了风中
那条河流的香甜

# 我渺小得像一只蚂蚁

一泓泉水也有成为豹的愿望
幼小的石狮，微胖的鱼，苦禅大神的鸦
都已习得人性
柳树高远，栖居于天空
她垂下的枝条像母亲的手
将我环抱

在济南的秋天，我必须对万物重新定义
我渺小得像一只蚂蚁
在刚踏入森林的那刻不知所措
无论怎么打转
也没能走出白皮松
和丹桂的香阵

# 过金沙江

站在金沙江边的人
自带豪迈之气
整个天空与河流，都灌入
我的身体

我成为这片疆土的领主
脆弱的我，忧郁的我
矛盾的我，敏感的我，假面的我……
集结为反方队列

曾经，我满怀胜负之心
幻想荣耀为我加冕
现在的我，拥有了
放下一切的勇气

山川之下，我背对着无数个我发号施令：
"不必再去寻求云和星辰
我只听从自己血管里
血液流动的声音。"

# 萝卜的湿度

一群萝卜片晒在土砖墙上
他们还是一群未长大的孩子
流着鼻涕和口水，能轻易
从眼眶里淌出眼泪

这是一个母亲最熟悉的湿度
那些晒干了的萝卜已长大
他们奔赴远方

在我小小的家里，母亲并不是特指
如果有一天，你看到餐桌上
那罐辣萝卜条，流下了眼泪
如果你摸到一根萝卜
滚圆的腰身，感受到相似的命运
如果你独自站在空荡的菜畦前
感到万物辽阔
你会突然获得，泥土里
那几只跳甲虫的孤独

田野上空荡荡的，但仍有什么

被风催促着，你喊出了

一串湿漉漉的名字

# 红蜻蜓

深夜，一只红蜻蜓造访
它颤动双翅
与身后的白墙形成对峙

它曾带我飞过湘水河畔
飞过华北平原
那时，我还不懂得
所有卑微与渺小的生命
我无忧无虑地跑，义无反顾地跑
筋疲力尽地跑
如今，它穿越一座座金属森林
穿越暴雨
叩响我生锈的身体

那些急促的往事，由白变黑
由黑变白
它每一次的振翅，都让我
胆战心惊

# 泅　渡

屏住呼吸，我潜入
一个弯曲的夜
苦与咸灌入耳鼻
瞳孔深处许多虚影晃过
似入迷宫
千万座白塔，压不住我
把名字含在嘴里
经筒，渗出细小的汗
群山白发疯长

黑夜，我并不是孤身一人
尘埃之上，青稞躬背，野马跃动
无数暗处的生命，在一张弓里
泅渡

# 灵 药

骨架变得越来越柔软
高温给它磨平棱角
一棵树竟长出了一副人的心肠

它准备取走传说中的灵药
把三百岁的年龄
变回三岁

# 偶　遇

在金林村的大榕树下，我碰到一群孩子
我和其中一个小孩只对望了一眼
就已相互结识
其他几个小孩进而有导电般的默契
迅速把我拉入他们的群体

他们不需要说什么
便可以笑个不停
我还不太习惯，总想为
这些无来由的笑声
做出合理解释

有个留男士短发的小女孩
耳上别着一朵鸡蛋花
在我准备离开时
她把花取下，递到我手中
我收获了一个隐秘的梦

回城路上，一群麻雀从天边飞过
它们是从我体内放出来的
而此时，我正试图翻越山丘

抬头的刹那

被这密集的阴影袭击

# 束河的花

我喜欢束河的花，它们没有名字
只开零星的一点
却敢大着胆子拦住我的去路

这些年，为了更快地奔跑
我丢弃了所有身份
卸下肉身，卸下骨骼
只剩下意志
去到达目的地

当我从一棵无名野草旁经过
她还没有开花
空长着许多枝叶
但我还是认出了她

世间有一再重复的梦
所有未开的花
都紧紧将我拉住
试图用一只只稚嫩的拳
击碎我，执迷不悟的躯壳

# 枯叶蝶

叶，悬于枝头
从黄昏到黑夜
一只蝶潜伏在枯萎的伤口
已痛到不再回忆
也没有勇气撕开膏药般的命运
寒夜用静寂
掩藏最后的秘密

枯叶蝶
还在等待

# 半棵树

把阳光拴在枝头，眼睛长出年轮
那些在春天死去的人
在枝丫上吐了几片新叶
弯曲的夜爬满皱纹，一张脸
被抛入某扇虚掩的门

被锯掉半个身体，你故意不让大雨
洗去指甲缝里的泥
根络纵横，如某个夜晚
撕碎的诗稿
里面住着家乡、雨
和奔跑的人
我用一个流泪的吻
认清你

在柔软与坚硬里辗转，我
不仅倾心你的光明和绿意
我更爱你，被人们所遗弃和憎恶的
阴影

# 留　白

你在或明或暗的风景里转身
回忆一场大雪如何覆盖
满树桃花，以及
碾轧的疼痛

几尾河鱼，脱离水墨而去
往事转瞬结霜
幽深的夜，谁能理解
一只飞鸟的痛苦

穿过一扇虚掩的门
你留在形而上处
把最初和最远，搁置在
仓促的一生中

# 空房间

走进一间空房，失水的人
逐渐恢复弹性
世界原点，退回到孩子的眼睛

是谁试图揭开这寂静，用脚步
一声、一声地对抗
是谁填满夜色，让回忆
按下单曲循环
是什么在微光里生长
是什么被钉在昏暗中
是什么沿着空白
深入，再深入

我们无从知晓
天渐白时，房间里
传来清扫的声音

# 同 类

那是只刚出生不久的鸭子
走起路歪歪斜斜
就敢在睡莲叶上横冲直撞
别的鸭子把头扎进水里觅食，嬉戏
时不时呼朋引伴
只有这只小鸭，整个下午
都在莲叶间飞奔
没有一丝疲惫

记得十九岁那年，我只身一人去北京
绿皮火车坐了一天一夜
下车后直奔海淀区
在各个大学间穿梭的我，步履如同
眼前这只小鸭一般

十二年过去了，我没能在北京念书
也已结婚生子
只是谈到未完成的理想，以及无数个
在电脑前敲敲打打的深夜
湖边独坐的人，便和这只小鸭
成为同类

## 维多利亚港的夜

于千万人之中，夜牵着我
从北到南
回忆爬上天梯，一滴雨
弄疼整个夏夜

你住进每一扇窗
高楼开始战栗，海浪汹涌
彼岸的灯火
印上谜一般的齿痕

立在一颗星上，我
渗出满身晶莹
掉落的一刹，海贝
小心地打开自己

我们寻觅了十年，终于
在斑驳的夜里
重逢

# 诵　经

沿川藏线一路西行
如果将我们所见之景化成文字
那么经文就是标点，是字里行间
必要的停顿处

风吹过玉米地，吹过雪山脚下
诵一遍经文
雨落在崖壁上，抚慰凹陷的凿印
诵一遍经文
太阳落下又升起，我们背负着
周而复始的命运
在尘世里打转，经文
回旋在光里

# 去金刚寺

沿康定河而上，茎草干枯，瘦马嘶鸣
菜市口悬挂的牛骨带着血路
在我手心寻找归宿

跑马山上，没有卓玛与格桑的情歌
悬崖边坠落的，除了巨石
还有卑微如尘土的生命

路的尽头，藏族老阿妈提着酥油灯
走进了苍茫的金刚寺

# 寻十八洞村

我相信，村庄是有来世的
像咬开李子的酸涩涌进口腔
像掰断黄瓜的一声脆响
像手指去触碰松针的芽尖
一切都是新鲜的
我仿佛已活了千年
在雨后的空气里，悄悄变回
一个正在发育的少女

# 梨子寨

一棵梨子树进入了
它的晚年生活
从树下走过的人们
换了一代又一代

梨子树已经老得结不出梨子
但还是眷恋着人间
千年苗寨的土地，让它鼓起
向天要命的勇气
把自己三十年的寿命
改成三百年

那些最早在寨子里
吃过梨子的小孩，并没有消失
梨子树偷偷将夙愿
融进他们的血液

群鸟迁徙而来，劳作的人们
星子般地散落在山间
白云深处，一户户人家
学着梨子树的模样

扎下根来

远道的游客都一遍遍询问
梨子树是否还能长出梨子
苍茫的绿意里，已孕育
越来越多的子孙

# 寻　佛

沿通天河而下，蝙蝠高悬洞顶
体内有星辰流过

尘世中的赶路人，此刻
已忘记奔跑

# 根的沉默

记得幼时，母亲在河中洗澡
根须似的纹路印在她腰身
这身体的秘密，二十年后
悄悄在我身上发芽

黄褐斑与细纹敛去我的锋芒
病痛与亲人离世，如同沙漏
一点一点磨平我的棱角
我熟练地在案板上剁肉拍蒜
宽恕，并且拥抱
世间一切油腻辛辣

窗外的叶倏倏落下，树下的那个女孩
曾不断地追问生命的意义
如今已读懂
根的沉默

# 召　唤

在宴席上，我是那个格格不入的人
但我并非故意如此

我感受到了某种召唤，飞在空中
手臂低伏在人群里

此刻，一朵云离群索居多年
因为身体的孤独
而停留

# 天空走遍每一片叶

从叶柄到锋利的齿尖，天空踱着步子
露宿过毛虫、蛾子、麻雀的家
脚底的伤口裂开又愈合
牵起一片蜷曲的叶
让潮湿的心事相互照面
而后风干，把叶脉里
每一个律动的细胞
都嵌入身体

等天空走遍每一片叶
一棵树终于答应，与天空
进行一场赛跑

# 荷　花

荷花是有来世的
去年夏天，一个老头在这里
投水自尽
满池荷花被连根拔起
秘密，沉入黑色的潭中
有人想要揭开
还有人想要掩盖

再次重逢，赏花人心照不宣
荷花，依旧玉立风中

## 去蓝鲸岛

在一望无际的大海上航行
起初是欣喜和惬意
然后是平静
再是孤寂

最后，一片隆起的岛屿
一个少年远远挥动的手臂
一粒黄沙，都足以让我
落下泪来

## 梦里梦外

昨晚，我的梦里走出来一个人
和我有着一样的名字、一样的眼睛
我欣喜地问她梦里的世界
那里的天空是否有群鸟飞过
田间是否长满了紫云英
马路边是否有银杉与白杨
大树下是否有奔跑的孩子

我还想问她走了多少路，到过哪些地方
认识多少朋友，有过多少故事
遇过怎样的爱情，写过怎样的诗

她没有回答我的问题，只说梦外的我
常在她梦里出现

# 云

看过浩淼无垠的大海
听过南国古巷的风声
人生的繁华路口掠过
许多不留痕迹的飞鸟

一个人行走在云的末端
蓦然回首时，已是万水千山
依稀望见锦江右岸炊烟袅袅
桃花下的白衣少年
风吹衣角

# 麓山南路

12 月的麓山南路，是一件蜷缩在角落
无人认领的旧物
咖啡店、书店、小吃铺在时间的序列里
化作小小的人，与我道别
街上的人们忙着亲吻和争吵
雪一来，就开始遗忘

走到山脚的过程像一场修行
我怀揣着一本无用的诗集
踩在咯吱咯吱的雪中
所有残损的和被遗弃的事物
在我身体的旷野里
——获得安置

辑 五

## 少数玫瑰

# 怀念一滴雨

两个少年奔跑在香樟树下
他们彼此没有说话，一路上
只有滴滴答答的雨声
这种安静
是我与 M 先生故事的开头

很多年过去了
我依然怀念，一滴雨
落在脸颊的时刻
像一个少年
毫无邪念的吻

## 放牧雨群

认识你后，我开始喜欢下雨
看着雨点儿舒展身子，像马一样
奔驰着，驱使我行动
我冲进雨群里，指挥它们
朝我手指的方向
它们不管不顾地跑着
要把我领向未知的目的地

在这场较衡中，我们都看到了彼此
因为爱而不知疲倦
因为爱，而战栗的模样

# 与一枝玫瑰对视

饭店里的服务生送给我一枝玫瑰
它最外层的花瓣，已经生了几条皱纹
许是有人用手指经常地触摸
花瓣边缘排列着许多细小的豁口
所有的刺都已被剪去
由于失水，它的身上
长出褐色的斑纹

现在它被放置在餐桌的高脚瓶里
一如从前爱情里的我们
那副高不可攀的模样

# 安　娜

安娜告诉我，战火已从她父母所在的东部城市
蔓延到南方
一年了，战争还没有停止
在这个被积雪覆盖的南方小镇
我的朋友安娜，即将成为
美丽的新娘

# 被定义

她是新娘，没有嫁妆
就用黄金般的骄傲作为行囊
是理想主义者，拿起梦的权杖
掩饰过往的伤疤
是巫师，以笨拙的方式
向万物传递暗语

她是熟透的西红柿，被丢弃于熙攘的菜市
是招摇的镜子，照进你未见光的秘密
是幽灵般的回声，响彻头顶

她是翼族，却不会飞行
如果必须完成自己的使命
她就以行为艺术的方式，将自己
送上天空

# 听 涛

王姑娘站在江边的时候，像礁石上
一朵搁浅的云，背影很淡
表情也很淡

涛声不属于尘世，在远处虚构着
一些走动的人形剪影
隐形锁链藏于暗处，她走得很远
却在步步逼近，大峡谷
成为磁场核心

当她已远到超出自己，真相湍急而令人惊愕
她只能徒劳地朝身后试图叫住
一张张逐渐褪色的面孔

# 美人鱼的传说

——致大雪

我认识了一个女孩
她手掌上的鱼鳞还未褪尽，笑起来
可以看到浪尖上卷起的泡沫
为了融入这个世界，她从大自然和人世中
习得了一套语言谱系
这世上，大概真有美人鱼的存在
她把这些秘密隐藏得很好

听说美人鱼不能在岸上待得太久
遭遇流言的攻击
我担心她会赌气回到大海里
等到夜深人静的时候
才看见她，在昏暗的灯光下
小心地拔去脚趾丫上的鳞片

# 在东巴秘境

## ——致灯灯

在东巴秘境，一只蝴蝶牵起灯灯的手
像是相识多年的老朋友
我也曾看到一只蚂蚁，跟她寒暄着打过招呼
我还看到过一树不知名的鸟
密密麻麻地歇息在她的上空

对于前世之谜，我们无从探究
而在遇见灯灯之后
我枉信人是有前世的
这写满神秘符文的石块下压着秘密
其中包括一只蝴蝶
露出了人的表情

## 少数玫瑰

为了退下面具
我们找了一间私人影院

R 想成为隐士
密谋一场橱窗的逃亡

O 跟随屠夫
尝遍千种血液

E 活到中年，贫穷与性
让她长出反骨

而 S 是我，一生都在反复撕去
脖子上的爱情标签

# 围 城

灯塔拉长了影子
重叠了视线尽头那座墓场

明与暗交织，他看见
一只松鼠沿着地平线，试图翻越
篱笆。前面是岸
后面是枪

视线另一端，一个女人口红花了
急促地从一扇门往另一扇门
逃离
钥匙在锁中来回转动，人被锁孔
紧紧攥住

# 等风来

她要求我们不再叫她红梅，我看到匕首
剜去树干上最后一块木质疙瘩

她在光秃的枝丫起飞
她在光秃的枝丫落下
洞穴①里火光闪烁

就在她喊出疼痛的一刹
我看到红色的铁
升起青烟

---

① "洞穴"取自柏拉图的洞穴隐喻。

# 跑马山下

断崖上那丛被砍的仙人掌
又结出了仙桃

风轻轻擦过崖壁
康巴汉子打马而过
去年他的卓玛，为了摘仙桃
从崖边坠落

跑马山下，他背着新鲜的仙桃售卖
风如同一只少女的手，轻轻擦过
他崖石般的脸颊

# 仙人掌刺

自从见了你，我的左手
长出一根仙人掌刺
心扎得突突地响
一阵风，仿佛无数人拽着我
奔向悬崖

咫尺的距离，刺横亘其间
未说出的话被反复压干
栀子花带我到你的肌肤上
枯色里，一排排麦浪
让秋天涨潮

你可知，长刺的年纪
我也会羞于见人
就让这火车轰鸣
掩饰我，拥抱的尴尬
与窘迫

# 蜡 梅

临走时，你送我两束蜡梅
我没有问花从何而来
也未曾想过是否有前世
只是闻到花香
就觉得是你

一个人能在人群中
找到另一个同类
与其说幸运，不如说
是命中注定
我曾见过许多蜡梅，到今天
才发觉命运早已铺垫
因为你，我开始将过往的蜡梅
——捡拾
她们努力扬起的脸
是无数个曾经的我，我已经忘了
如何珍视自己

因为你，往后所有的蜡梅
也将不再寻常
怎样找到生命中的那朵蜡梅

一个人推开书斋的门

背负着茫茫雪夜

渐行渐远

# 我只是坐在那里

一个老妇人在我身边晃了几圈
开始我只瞥见，她手上的黑布袋
第二次，我抬头看到那张脸
像多年前的老木砧板
第三次，她伸出枯瘦的手
端起我的那碗面汤
仰头喝完，把碗塞进袋里

我只是坐在那里，整个身体
如同接受一场手术

# 女人的泪

我第一次看到小姨流泪
她说要嫁给那个男人
我最后一次看到她流泪
她决定离开他
独自抚养 4 岁的儿子

我发誓，这是最后一次为你流泪
在无数个最后一次的夜晚

# 紫蔷薇

这是一场黑夜的行走
那树紫蔷薇，独自开花
又与岩石一起沉默

她曾尝试做一棵纯粹的树
或者醉成微醺的红
等待一双手结束一生

如今，她擦干紫色泪痕
脱离叶的掩护
学着蟋蟀的样子振翅

一阵风过，吹落它
满身尘埃

# 消失的南方少年

电话里，故作轻松的语气
让我想起那个南方少年

他说，今天是盛夏里的第一场雪
我仿佛看到那些即将白头的山峦
从另一个星球穿越而来

此后，他如同雪融入大地
流进茫茫人海中
无论如何去追索
都被冰雪覆盖

# 似是故人来

是不是做朋友，也有前世的缘分
坐在我对面的人
说起多年前语文教师的生活
聊阿 Q 的取名
谈文章应该怎么写
又提到他在当地的过往
这些记忆纷涌而来
如山冈上的那个少年
远远地挥动着双臂跑来
我也变回了孩子，在晚风中
雀跃地奔跑

命运的安排，是如此朴素
我们只见过四次
却如经历一生奔波劳苦后
两个幼时的朋友
再次会面

## 亲密接触

上次感受男人的胡茬
还是小时候，父亲将下巴
贴在我的脸颊
他喜欢用胡茬逗我
看我胖嘟嘟的脸上露出
委屈的模样

如今，我遇到了另一个男人
他的胡茬在我脸颊上
深深地扎进来

我恍惚回到了五六岁，有想哭的冲动
在一个男人局部的爱里

# 空 谷

比雨落得更快，我通过
一场爱的抽离
进入世界的反面

整座森林散发着铁腥之味
而我，一直是孤独的弓箭手
当我在谷底拉满弓弦
你又一次，将巨石
推上山顶

## 无声告别

如果说，文字可以建造宫殿
那我所见的，都已是断壁残垣
一个人在耳畔的鼻息，如同风暴
要钻进皮肤的每个毛细孔
是谁的手指，在无形地敲击
想把灵魂慢慢从躯壳中释放

走在花园路的街头，我像游荡的孤魂
活了半生才明白，内心荒芜的人
一定用情至深
如果那个骄傲的你，也曾努力去尝试
在空荡的树枝上，挽留
最后一片落叶

图书在版编目（CIP）数据

星星的母亲 / 贺予飞著. -- 武汉：长江文艺出版
社，2021.9
　（第37届青春诗会诗丛）
　ISBN 978-7-5702-2275-9

Ⅰ. ①星… Ⅱ. ①贺… Ⅲ. ①诗集－中国－当代
Ⅳ. ①I227

中国版本图书馆 CIP 数据核字(2021)第 127028 号

星星的母亲
XINGXING DE MUQIN

───────────────────────────────────────

特约编辑：隋　伦
责任编辑：王成晨　　　　　　　责任校对：毛　娟
封面设计：璞　闾　　　　　　　责任印制：邱　莉　　王光兴

───────────────────────────────────────

出版：　长江出版传媒 │ 长江文艺出版社
地址：　武汉市雄楚大街 268 号　　　邮编：430070
发行：　长江文艺出版社
http://www.cjlap.com
印刷：　中印南方印刷有限公司

───────────────────────────────────────

开本：850 毫米×1168 毫米　　　1/32　　　印张：5.125　　　插页：4 页
版次：2021 年 9 月第 1 版　　　　2021 年 9 月第 1 次印刷
字数：2480 行

定价：46.00 元

───────────────────────────────────────